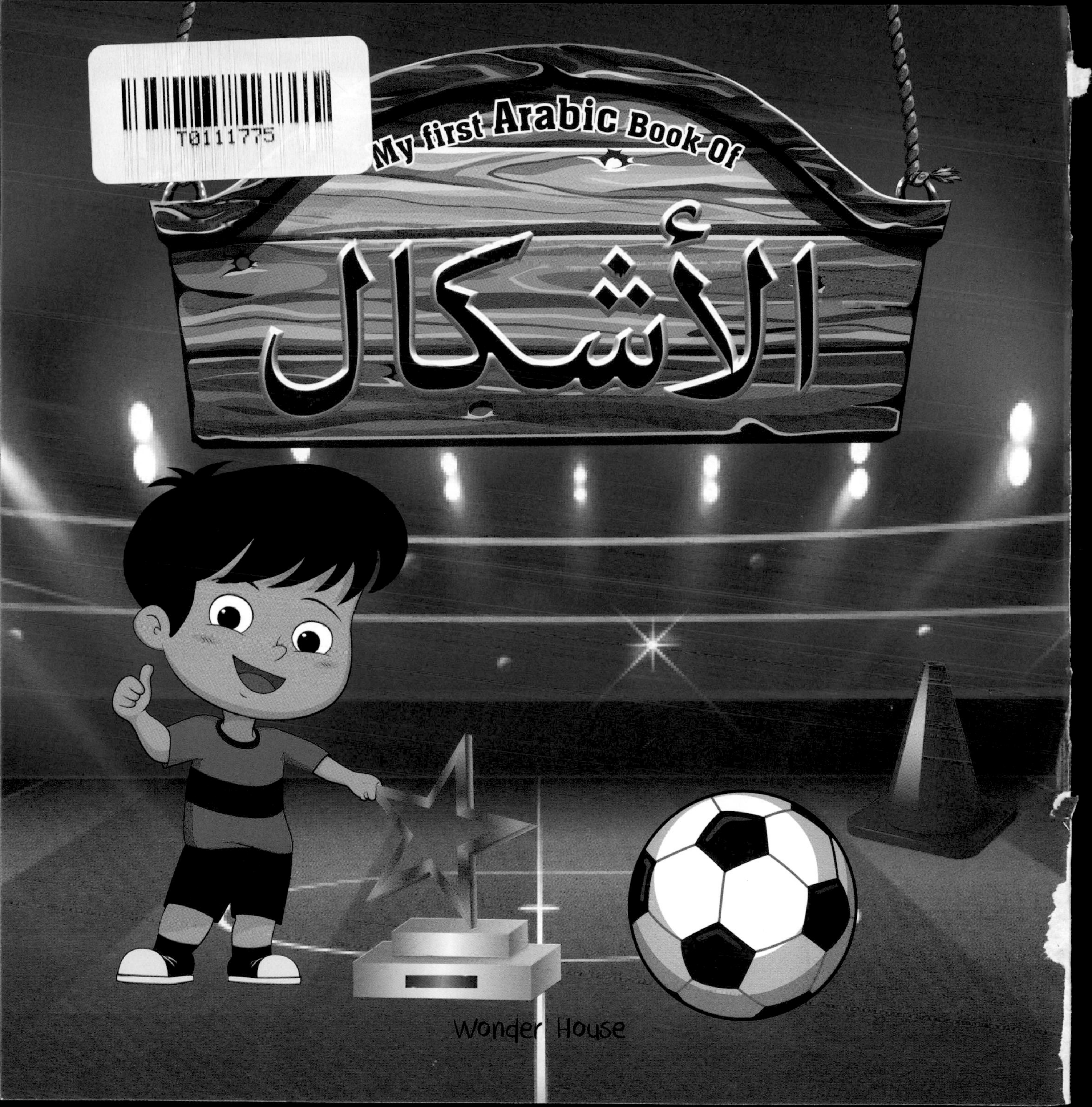
My first Arabic Book Of
الأشكال
Wonder House

(dayira)

circle

أرض
earth
كرة
ball
ساعة
clock
برتقال
orange

(midan)

square

بسكويت
biscuit
وسادة
cushion
شطرنج
chess
إطار الصورة
photo frame

(baydwy)

oval

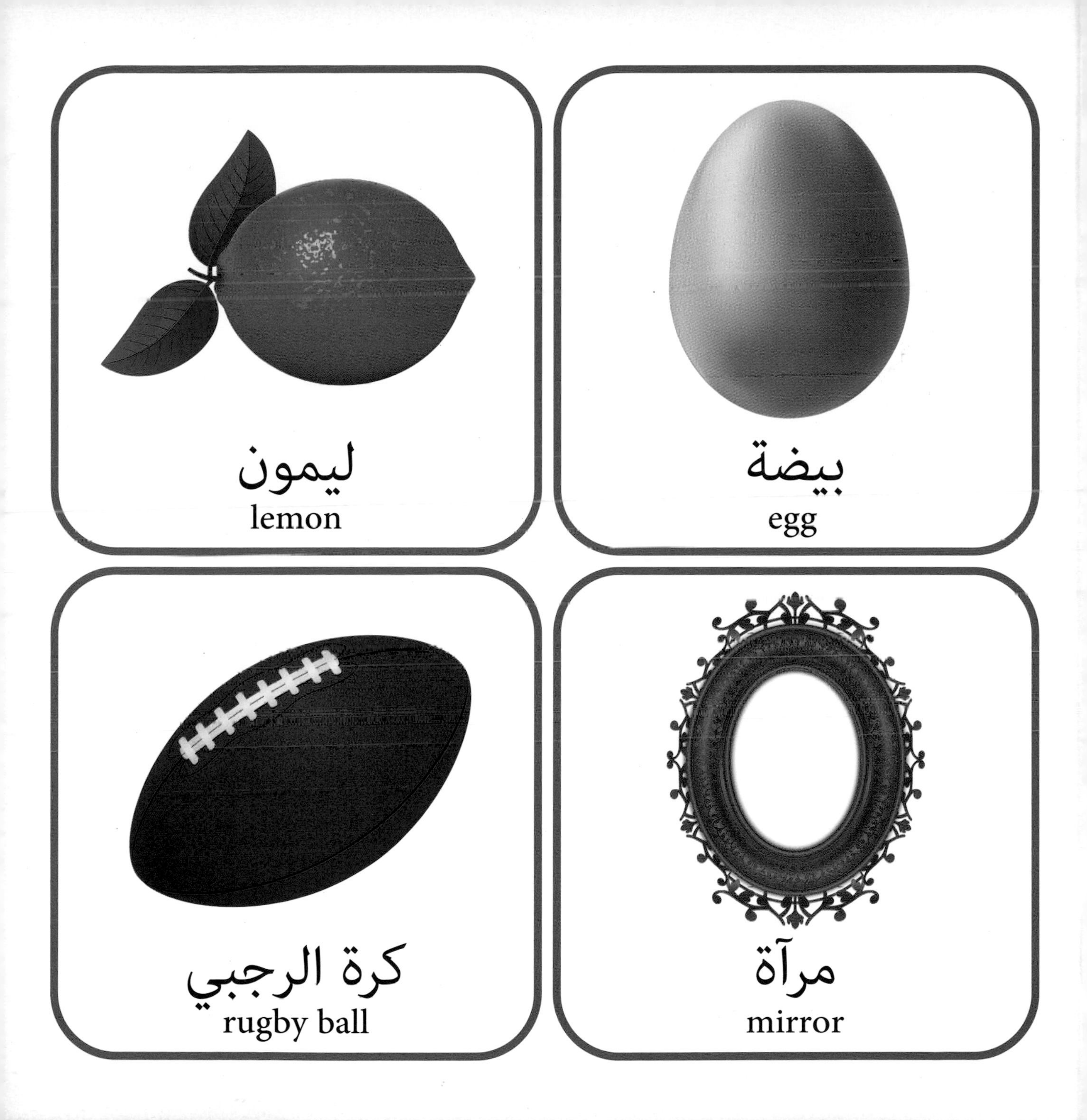
ليمون
lemon
بيضة
egg
كرة الرجبي
rugby ball
مرآة
mirror

(mustatil)

rectangle

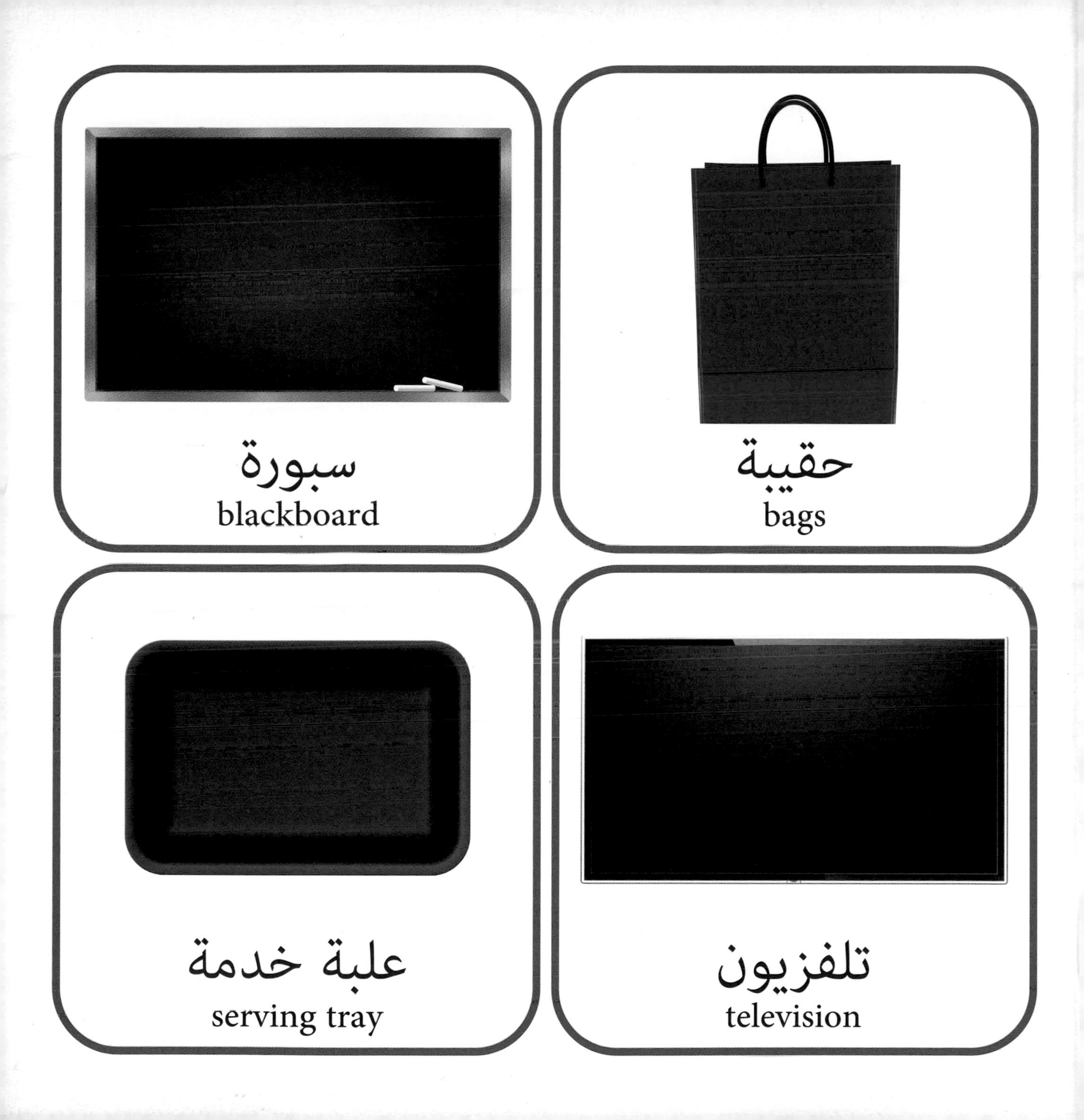
سبورة
blackboard
حقيبة
bags
علبة خدمة
serving tray
تلفزيون
television

(muthalath)

triangle

كيكة
cake
جبن
cheese
بيتزا
pizza
الشماعات
hanger

(almas)

diamond

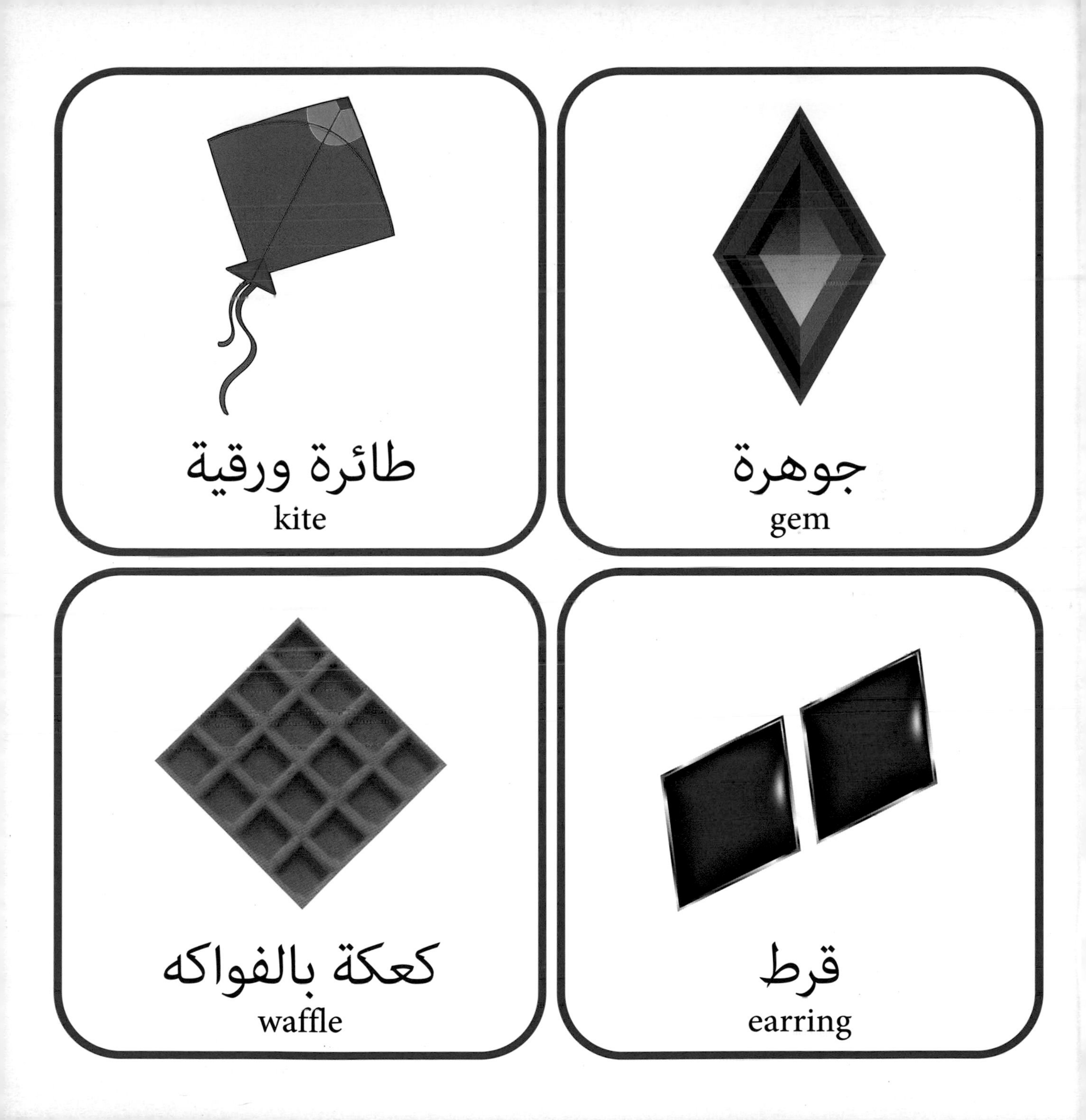
طائرة ورقية
kite
جوهرة
gem
كعكة بالفواكه
waffle
قرط
earring

(makhrut)

cone

شجرة الصنوبر
pine tree
قبعة
cap
جيلاتي
ice-cream
مخروط المرور
traffic cone

(hilal)

crescent

القمر
moon
الكيد المرتد
boomerang
كرواسون
croissant
الفلفل الحار
chilli

(qalb)

heart

زمرد
emerald
الفراولة
strawberry
شوكولاتة
chocolate
وَرَقة
leaf

(najma)

star

نجم البحر
starfish
فاكهة النجمة
starfruit
زخرفة
decoration
نجمة
star

سداسي الزوايا

(sadasi alzawaya)

hexagon

جوز
nut
خلية النحل
honeycomb
مربع الحزمة
package box
STOP
لوحه اعلانات
signboard

دعونا نراجع ونقرأ الأشكال والألوان الصاخبة للكائنات

My first **Arabic** Book Of

الأشكال

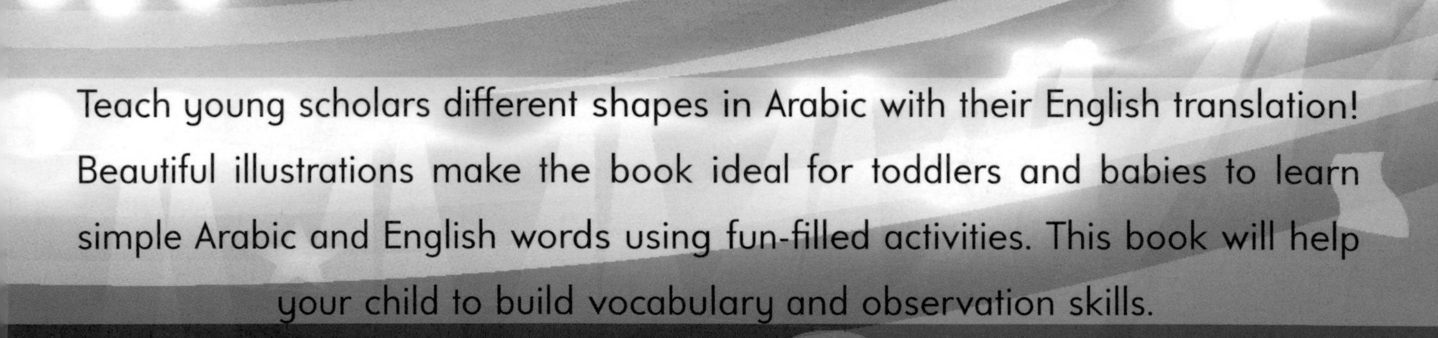

Teach young scholars different shapes in Arabic with their English translation! Beautiful illustrations make the book ideal for toddlers and babies to learn simple Arabic and English words using fun-filled activities. This book will help your child to build vocabulary and observation skills.

Edited by: Gulnar Khan
Designed by: Tausif Ali Khan

wonderhousebooks

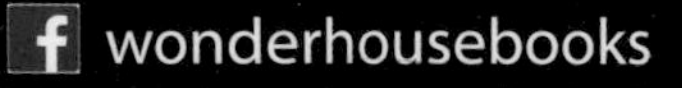
wonderhousebooks

wonderhousebook